AF279377

La Ratita Margarita quiere ser Reina

La Ratita Margarita quiere ser Reina

Texto/Written by:

Raquel Caballero Sosa

Ilustraciones/Illustrated by:

Kilian González Cardona

Traducción/Translated by:

Bianca Manuela Sandu

ULPGC
Universidad de Las Palmas de Gran Canaria

Servicio de Publicaciones y Difusión Científica

Fundación **MAPFRE** Canarias

2025

Colección **Cuentos Solidarios,** número 14

© **del texto:**
RAQUEL CABALLERO SOSA
© **de las ilustraciones:**
KILIAN GONZÁLEZ CARDONA
© **de la traducción al inglés:**
BIANCA MANUELA SANDU

© **de la edición:**
UNIVERSIDAD DE LAS PALMAS DE GRAN CANARIA
FUNDACIÓN MAPFRE CANARIAS

1ª edición, 2025
Edición bilingüe español-inglés

Realización:
SERVICIO DE PUBLICACIONES
Y DIFUSIÓN CIENTÍFICA DE LA ULPGC

ISBN: 978-84-9042-572-5
Depósito Legal: GC 567-2025

Impresión: Advantia, Comunicación Gráfica, S.A.
Impreso en España. *Printed in Spain*

Esta editorial es miembro de
la UNE, lo que garantiza la
difusión y comercialización
de sus publicaciones a nivel
nacional e internacional

CABALLERO SOSA, Raquel

    La ratita Margarita quiere ser reina = [Little Margarita mouse wants to be a queen] / texto = written by Raquel Caballero Sosa ; ilustraciones = illustrated by Kilian González Cardona ; traducción = translated by Bianca Manuela Sandu. -- Las Palmas de Gran Canaria : Universidad de Las Palmas de Gran Canaria, Servicio de Publicaciones y Difusión Científica, 2025

    52 p.; 21 x 21 cm. -- (Cuentos solidarios; 14)

    ISBN 978-84-9042-572-5

    I. González Cardona, Kilian, il. II. Sandu, Bianca Manuela, trad. III. Universidad de Las Palmas de Gran Canaria, ed. IV. Título V. Título: Little Margarita mouse wants to be a queen VI. Serie

    821.134.2-32

Thema: FYB, YFB, YFU, 2ADS, 2ACB

Índice/Contents

Presentación

Este cuento y su protagonista, Margarita, forman parte del proyecto sociocultural **Cuentos Solidarios**, una iniciativa que impulsan desde el año 2011 la Fundación MAPFRE Canarias y la Universidad de Las Palmas de Gran Canaria con la finalidad de publicar cuentos infantiles, en ediciones bilingües y formatos impreso y digital, cuyos beneficios se destinan a causas solidarias. Gracias a la participación altruista de quienes los escriben, ilustran y traducen cada año con generosidad, esta colección de cuentos son mucho más que historias para niños y niñas, promueven la lectura y la creatividad desde edades tempranas y son un ejemplo del poder transformador de la empatía y la colaboración.

La ratita Margarita quiere ser reina, de la autora Raquel Caballero Sosa, es el título ganador de la décimo cuarta edición del concurso **Cuentos Solidarios** y los beneficios íntegros de

Foreword

This story and its protagon st, Margarita, are part of the socio-cultural project ***Cuentos Solidarios (Solidarity Tales),*** an initiative launched in 2011 by Fundación MAPFRE Canarias and the Universidad de Las Palmas de Gran Canaria. Its purpose is to publish children's stories in bilingual editions in both print and digital formats, with the proceeds going to charitable causes. Thanks to the altruistic participation of those who write, illustrate and translate them each year with such generosity, this collection of stories is much more than literature for children: it fosters reading and creativity from an early age, and stands as an example of the transformative power of empathy and collaboration.

La ratita Margarita quiere ser reina (*Little Margarita mouse wants to be a queen*), written by Raquel Caballero Sosa, is the winning title of the fourteenth edition of the ***Cuentos***

las ventas durante el primer año irán destinados a la Asociación Pequeño Valiente, para el apoyo y mejora de la calidad de vida de menores y familias afectadas por el cáncer infantil.

El cuento narra la historia de una pequeña ratita con un gran sueño: ser reina. En su camino para lograrlo, Margarita prueba a mentir, a utilizar la fuerza y a llamar la atención… pero nada de eso funciona. A través de entrañables personajes del bosque, libros mágicos y lecciones de vida, esta historia invita a personas de todas las edades a reflexionar sobre el poder transformador de la lectura para crecer por dentro y brillar como el Sol por fuera.

Margarita y los personajes que la acompañan en sus aventuras en este cuento están repletos de vida y color gracias a la solidaridad del ilustrador Kilian González Cardona; y su aprendizaje sobre el valor del conocimiento, la honestidad, la humildad, la empatía, el respeto y la perseverancia servirán de ejemplo para muchos niños y niñas de diferentes países del mundo por la generosa aportación de las traductoras de inglés, francés y chino

Solidarios competition. All profits from its sales during the first year will be donated to the Pequeño Valiente Association, which supports and improves the quality of life of children and families affected by childhood cancer.

The tale tells the story of a little mouse with a big dream: to become a queen. In her quest, Margarita tries lying, using force, and seeking attention… but none of these paths lead her where she wants to go. Through the help of endearing woodland characters, magical books, and life lessons, this story invites readers of all ages to reflect on the transformative power of reading to grow on the inside and shine like the sun on the outside.

Margarita and the characters who accompany her on this adventure come vividly to life thanks to the generosity of illustrator Kilian González Cardona. And her learning about the value of knowledge, honesty, humility, empathy, respect and perseverance will serve as an example for many children around the world, thanks to the generous contribution of translators Bianca Manuela Sandu (English), Véronique Guillén Archambault (French), and Lili Wang (Chinese).

Bianca Manuela Sandu, Véronique
Guillén Archambault y Lili Wang.

Nuestro agradecimiento es sincero
y profundo hacia todas las personas
que hacen posible que el proyecto
Cuentos Solidarios sea un rayo
de esperanza para quienes más
lo necesitan. Cada nuevo cuento
publicado es una semilla de
conciencia social que germina en
el corazón y la mente de los más
pequeños, recordándonos que
educar en la solidaridad es construir
un futuro más justo y humano.

Our gratitude is sincere and
profound towards all those who
make the ***Cuentos Solidarios*** project
a ray of hope for those who need it
most. Each new story published is
a seed of social awareness that
blossoms in the hearts and minds
of the youngest readers, reminding
us that educating in solidarity is
building a fairer and more
humane future.

La ratita Margarita quiere ser reina
Little Margarita mouse wants to be a queen

En lo más profundo
de un bosque lleno
de flores y animales,
había una acogedora
madriguera donde vivía
una ratita llamada
Margarita. Era curiosa,
risueña y bondadosa…
y tenía un sueño muy
especial: quería ser
reina.
Allí, en su camita
de musgo, Margarita
estiraba sus patitas
con ilusión por
un nuevo día.
Todas las semanas,
su mamá,
la ratona Fiona, volvía
de la Biblioteca del

Deep in the heart of
a forest filled with flowers
and animals, there was
a cosy burrow where a
little mouse called
Margarita lived.
She was curious,
cheerful, and kind…
and she had a very
special dream: she
wanted to be a queen.
There, in her little bed
of moss, Margarita
stretched out her tiny
paws, full of excitement
for a brand-new day.
Every week, her mother,
Mummy Mouse Fiona,
came back from the

Bosque de las Letras
con un libro nuevo bajo
el brazo para Margarita.
—Leer te hará poderosa,
Margarita —le decía
con cariño—.
Pero Margarita solo
deseaba una corona
brillante, no tenía ningún
interés en leer y siempre
encontraba una excusa:
—Hoy estoy cansada,
mamá…
—Ese libro tiene
demasiadas letras…
—Tengo deberes de
mates…
Fiona la escuchaba
con paciencia y, luego,
le dedicaba una sonrisa:
—Leer te abrirá todas
las puertas del mundo…
¡incluso las de un
castillo!
El papá de Margarita,
el ratón Simón, la consentía
con mimos y palabras
dulces, pero nunca la

Library of the Forest of Words
with a fresh book under
her arm for Margarita.
"Reading will make you
powerful, Margarita,"
she would say lovingly.
But Margarita only
dreamed of a shiny crown.
She had no interest in
reading and always came
up with an excuse:
"I'm tired today, Mummy…"
"That book has far too
many words…"
"I've got maths
homework to do…"
Fiona listened patiently
and then gave her
daughter a gentle smile:
"Reading will open
every door in the
world for you… even
the door of a castle!"
Margarita's daddy,
Daddy Mouse Simon,
spoiled her with cuddles
and sweet words,
but he never

ayudaba a escabullirse de
la lectura. Él también decía
que leer le daría el conocimiento
que le podría cambiar la vida.
Un día, Simón llevó a Margarita
al arroyo. Con una ramita le
mostró cómo el agua
encontraba siempre el
camino más fácil alrededor
de las piedras.
—Así funciona el saber —
explicó—. Te permitirá rodear
los obstáculos y llegar a donde
quieras sin tropezar. El saber
es como una corona invisible.
No brilla en tu cabeza, sino
en tu mente y en tu corazón.
Margarita fruncía el ceño:
"¿De qué sirve una corona
que nadie podría ver?",
se preguntaba. Al fin, hizo
un trato:
—Está bien, leeré… pero
solo libros sobre princesas
que se convirtieron en reinas.
Eso será lo único que me
ayudará a cumplir mi
sueño.

helped her get out of reading.
He, too, said that books
carried the knowledge that
could change her life.
One day, Simon took
Margarita down to the stream.
With a little stick, he showed
her how the water always
found the easiest path
around the stones.
"That's how knowledge works,"
he explained. "It will help you
go around obstacles and
reach wherever you want to
go without stumbling.
Knowledge is like an invisible
crown. It doesn't shine on
your head, but in your mind
and in your heart."
Margarita frowned. "What's
the point of a crown no one
can see?" she wondered.
At last, she made a deal:
"All right," said Margarita at last.
"I'll read… but only books about
princesses who became queens.
That's the only thing that will help
me to make my dream come true."

Fiona, entusiasmada, reunió todos
los cuentos de princesas y reinas
que encontró en la biblioteca.
Margarita abrió el primer libro…
Y así, se sumergió en las
páginas del primer cuento:
"—Érase una vez una princesa
llamada María —leyó—.
María quería ser reina solo para
mandar y hacer lo que quisiera.
Su papá, el rey Teobaldo,
era buen rey. Siempre decía que
algún día su hijo mayor, el príncipe
Elías, heredaría la corona, porque
era justo, amable y siempre
pensaba en los demás. Pero a
María no le gustaba esa idea.
Un día, mientras miraba desde
la ventana de palacio, pensó
en un plan.
—¡Ya sé! —dijo sonriendo—.
Si todos creen que tengo
poderes mágicos, ¡querrán que
yo sea la reina!
Así que empezó a decir que
podía hablar con el viento,
que hacía llover cuando quería
y que los truenos la obedecían.

Fiona, delighted, gathered every
story about princesses and queens
she could find in the library.
Margarita opened the very first
book…
And so, she slipped into the
pages of the first tale:
"Once upon a time, there was a
princess called María," she read
aloud. "María wanted to be queen
just so she could rule and do
whatever she pleased.
Her father, King Theobald, was a good
king. He always said that one day his
eldest son, Prince Elias, would inherit
the crown, because he was fair,
kind, and always thought of others.
But María didn't like that idea.
One day, while looking out of the palace
window, she came up with a plan.
'I know!' she said with a smile.
'If everyone believes I have
magical powers, they will
want me to be queen!'
So she began to say that
she could talk to the wind,
that she made it rain whenever
she wanted, and that the
thunder obeyed her.

—¡Los dioses me eligieron! —se inventó—. ¡Tengo poderes!
Algunas personas no la creyeron, pero otras empezaron a hablar de sus "poderes". María hacía trucos con luces y sonidos, y convenció a algunos nobles del castillo para que la ayudaran a fingir. Incluso le pidió a una anciana que dijera que se había curado gracias a ella.
El pueblo comenzó a admirarla, y el rey, que ya era mayor y se cansaba fácilmente, empezó a pensar que quizá su hija sí tenía poderes.
El pobre príncipe intentó contar la verdad, pero nadie le escuchó.
—¡Eso es solo envidia! —decían algunos.
Finalmente, el rey, muy confundido, decidió retirarse y dejar el trono. Y así, María se convirtió en reina."
Margarita pasó la tarde pensando en aquella historia.

'The gods have chosen me!' she declared. 'I have powers!' Some people didn't believe her, but others started talking about her "powers". María played tricks with lights and sounds, and even persuaded a few nobles in the castle to help her pretend. She even asked an elderly woman to say that she had been cured thanks to her. People began to admire her, and the king, who was now old and got tired easily, started to think that perhaps his daughter did have powers.
Poor Prince Elias tried to tell the truth, but nobody listened.
'That's only jealousy!' some people said.
"Finally, the king, very confused, decided to step down and leave the throne. And so, María became queen."
Margarita spent the whole afternoon thinking about that story.

"Si la princesa María mintió
para lograr ser reina", pensó,
"yo también lo haré".
Todas las mañanas, la escuela
del charco se llenaba de risas,
cantos de pájaros y el tintineo
de las mochilas hechas con
hojas y tallos. Aquella mañana,
Margarita llegó con el libro de
la princesa María escondido
bajo su pata .
Nada más entrar, Margarita
saludó a sus amigos con una
sonrisa:
—¡Hola a todos! —anunció,
con voz firme—. Tengo algo
que contaros…
Sus compañeros la miraron con
curiosidad. Manolito, el periquito
alado que siempre se posaba en
la ventana, agitó sus plumas.
—¿Qué pasa, Margarita?
—preguntó la gatita Martita,
inclinándose sobre su pupitre.
—Yo… yo puedo ver a los
unicornios del bosque —dijo con
total naturalidad—. Y no solo
verlos: ¡puedo hablar con ellos!

"If Princess María lied in order to
become queen," she thought,
"then I'll do the same.'
Every morning, the school by
the pond filled with laughter,
birdsong, and the jingle of
backpacks made from from
leaves and stems. That morning,
Margarita arrived with the book
about Princess María hidden
under her paw.
As soon as she entered,
she greeted her friends with
a smile:
"Hello, everyone!" she
announced in a firm voice.
"I've got something to tell you…"
Her classmates looked at her
with curiosity. Manolito, the little
parakeet who always perched on
the window, flapped his feathers.
"What is it, Margarita?" asked
Martita the kitten, leaning over
her desk.
"I… I can see unicorns in the
forest," Margarita said quite
naturally. "And not only see them:
I can talk to them!

Además, mi cola brilla,
y vuelo junto a los unicornios…
Margarita sonrió nerviosa,
pues todo esto era mentira,
y sus bigotes temblaron.
Los ojos de sus amigos se
agrandaron. Un murmullo
recorrió la clase.
—¿Unicornios? —repitió
Manolito, incrédulo—.
Pero… ¿dónde están?
¿Por qué no los traes?
—¿Y qué me dices de
tu cola? —preguntó la
rana Ana, recordando
otro de los supuestos
poderes de Margarita—.
Dices que brilla…
—Eso es imposible,
los ratones no podéis
volar —dijo el gusano
Fulano.
Margarita no pudo probar
que volaba, ni que su
cola brillaba, ni que podía
ver y hablar con los unicornios.

What's more, my tail glows,
and I fly alongside the
unicorns…"
Margarita smiled nervously,
because all this was a lie,
and her whiskers quivered.
Her friends' eyes grew wide.
A murmur spread through
the classroom.
"Unicorns?" Manolito repeated,
incredulous. "But… where
are they? Why don't you
bring them?"
"And what about your tail?"
asked Ana the frog,
remembering one of
Margarita's supposed
powers. "You said it glows…"
"That's impossible.
Mice can't fly," said Fulano
the worm.
Margarita couldn't prove
that she could fly, nor that
her tail glowed, nor that
she could see and talk
to unicorns.

—¡Nos has engañado!
—gritaron indignados
sus compañeros—.
Una punzada de vergüenza
le perforó el pecho. Se llevó
las patitas a la cara y sintió
un calor rojizo en las mejillas.
Tenía la garganta seca
y el corazón hecho
pedazos.
Cuando sonó la campana
para el recreo, nadie la
invitó a saltar a la comba
ni a jugar a la pelota.
Margarita se quedó sola
en un rincón, "¿Y ahora
qué?", pensaba.
"Si no creen mis mentiras,
¿cómo seré reina?"
Al volver a la madriguera
sus padres le preguntaron
sobre su día ...
—Intenté ser reina,
pero mintiendo solo he
perdido amigos; no ha
funcionado.

"You've tricked us!"
her classmates cried
indignantly.
A pang of shame shot
through her chest.
She covered her face
with her little paws
and felt a hot, red flush
rising to her cheeks.
Her throat was dry,
and her heart felt broken
into pieces.
When the bell rang for
playtime, nobody invited
her to jump rope or play ball.
Margarita was left alone in a
corner, thinking, *What now?
If they don't believe my lies,
how will I ever be queen?"*
Back in the burrow,
her parents asked
about her day…
"I tried to be queen, but by
lying I have only lost friends.
It hasn't worked."

Fiona la abrazó y Simón
le acarició la cabeza:
—Leer es el primer paso
—susurró Fiona—, pero
elegir bien qué aprender
es lo más importante.
—Las historias nos
enseñan caminos, Margarita
—añadió Simón—. Si uno
no funciona, hay miles de
historias por leer.
Margarita asintió y, más
animada, dijo:
—Quiero leer un libro
diferente… uno que me
muestre otra manera de
llegar a ser reina.
Esa noche, mientras la
lámpara parpadeaba,
Margarita se sintió más
tranquila. Comprendió
que la corona no llegaría
con engaños, y que aún
quedaba mucho por
descubrir; lo bueno es
que todavía quedaban
muchas páginas por leer.

Fiona hugged her, and Simón
stroked her head:
"Reading is the first step,"
whispered Fiona,
"but choosing wisely
what to learn is the
most important."
"Stories show us many
paths, Margarita,"
added Simón. "If one doesn't
work, there are thousands
more waiting to be read."
Margarita nodded, and with
a brighter face she said:
"I want to read a
different book… one that
shows me another way of
becoming a queen."
That night, as the lamp
flickered, Margarita felt
calmer. She understood
that the crown would not
come through trickery,
and that there was still so
much left to discover. The good
thing was that there were still
so many pages to turn.

A la mañana siguiente,
su madre regresó con un
nuevo libro: en la portada,
una joven y alta princesa
sonreía, rodeada de su
pueblo que la aplaudía.
—Margarita —dijo Fiona—,
hoy comenzarás una nueva
aventura.
Margarita hojeó las
primeras páginas:
"Érase una vez la princesa
Matilde, famosa por su
fuerza y su valor.
Un día, su padre, el rey,
anunció:
—Quien demuestre más
valor y fuerza será el próximo
rey o reina de este reino.
Los nobles vinieron de todas
partes: caballeros con
armaduras relucientes,
damiselas con vestidos
de colores y príncipes con
capas largas. Todos creían
que ganarían fácilmente.

The next morning,
her mother returned with
a new book: on its cover,
a tall young princess smiled,
surrounded by her people
who clapped and cheered.
"Margarita," said Fiona,
"today you will begin a
new adventure."
Margarita flipped through
the first pages:
*"Once upon a time, there was
Princess Matilda, famous for
her strength and her courage.
One day, her father, the king,
announced…
'Whoever shows the greatest
courage and strength shall
be the next king or queen
of this kingdom.'
Nobles came from far and wide:
knights in shining armour,
ladies in dresses of bright
colours, and princes in long
capes. They all believed
they would win easily.*

Pero Matilde no se asustó.
Con su espada de madera
pintada de plata, retó
primero a su hermano,
al cual derrotó fácilmente,
y luego peleó con todos
los nobles uno a uno,
venciéndolos a todos…"
Inspirada, Margarita pensó:
"Si la princesa Matilde
se hizo con la corona
peleando, ¡yo también
lo haré!"
Al día siguiente, en la
escuela, antes de entrar
al aula, se detuvo bajo
un helecho gigantesco
y respiró hondo:
—Hoy demostraré mi fuerza
—se dijo—. ¡Como Matilde!
En el interior del aula,
los animalitos reían y
charlaban. Cuando vieron
a Margarita, notaron que
ya no traía la sonrisa de
siempre, sino un ceño
fruncido, como el de quien
está decidido a luchar.

*But Matilda was not afraid.
With her wooden sword
painted silver, she first
challenged her brother,
whom she defeated easily,
and then fought all the
nobles one by one, defeating
every single one of them…"*
Inspired, Margarita thought:
*"If Princess Matilda
won her crown by fighting,
then so will I!"*
The next day, at school,
just before entering the
classroom, she stopped
under a giant fern and
took a deep breath.
"Today I'll show my strength,"
she told herself. "Just like
Matilda!"
Inside the classroom,
the little animals were
laughing and chatting.
When they saw Margarita,
they noticed that she no
longer had her usual smile,
but a frown, like someone
who is determined to fight.

La ratita Margarita decidió
empujar a todos los que se
acercaran a su sitio; la
marmota Carlota recibió
su primer empujón.
Al instante, el periquito
Manolito voló bajito y gritó:
—¡Basta, Margarita! Así no
se trata a los demás.
Pero Margarita, pensando
en la princesa Matilde que
derrotaba a todos en combate,
alzó el pecho y replicó:
—Si quieres defenderla,
¡ven y pelea conmigo!
No se atrevió.
Y Margarita se sintió
poderosa por un segundo.
Pero de nuevo se vio sola,
pues todos se alejaron
de ella con miedo a sus
ataques.
Aquella tarde, muy triste,
Margarita contó todo a sus
padres:
—He intentado pelear como
la princesa Matilde, pero así
solo he causado daño;

Little Margarita decided
to push away anyone who
came near her desk; poor
Charlotte the marmot was
the first to get her first push.
At once, Manolito the parakeet
flew down low and shouted:
"Stop it, Margarita! That's not
how you treat your friends."
But Margarita, thinking of
Princess Matilda defeating
all her rivals in combat,
puffed out her chest and replied:
"If you want to defend her,
then come and fight me!"
Manolito did not dare.
And for a moment,
Margarita felt powerful.
But soon she found herself
alone again, as everyone
moved away from her,
frightened by her attacks.
That afternoon, feeling very
sad, Margarita told her
parents everything.
"I tried to fight like Princess
Matilda, but all I did was
hurt others.

incluso si consiguiera ser
reina así, no querría serlo
de esa manera.
Fiona la abrazó suavemente
y dijo:
—Cada princesa elige su
camino… y cada camino
enseña algo distinto.
Simón añadió:
—Has probado engañar
y pelear… ahora sabes que
no es así como ganarás la
corona.
Margarita pensó: "¿Habrá
otra forma de ser reina?" o
"¿Debería rendirme?"
Al día siguiente, cuando los
rayos del sol se colaban ya
entre las hojas del bosque,
apareció el abuelo Antón, el
ratón más sabio de la familia.
Con paso tranquilo y una sonrisa
de oreja a oreja, tendió a Margarita
un precioso libro de tapa roja:
—Este libro es muy especial
—dijo—. Habla de Wu Zetian,
la primera y única emperatriz
de China.

Even if I could become a
queen that way, I wouldn't
want to."
Fiona hugged her gently
and said:
"Every princess chooses
her own path… and each path
teaches something different."
Simón added:
"You have tried trickery
and fighting… now you know
that is not how you will win
your crown."
Margarita wondered: *Is there
another way to be queen?
Or should I give up?*
The next day, when the sun's rays
were already filtering through the
leaves of the forest, Grandfather
Anton, the wisest mouse in the
family, appeared. With steady
steps and a smile from ear to ear,
he held out to Margarita a beautiful
book with a red-cover.
"This book is very special,"
he said. "It tells the story of
Wu Zetian, the first and only
Empress of China."

Margarita lo miró con asombro. "¿Una emperatriz de verdad?", dijo.

—Sí, Margarita, este libro no es cuento, es parte de la historia. Esa tarde, junto al abuelo Antón, leyó:

"Érase una vez, hace casi 1.400 años, en la antigua China, una niña llamada Wu Zetian, que nació en una familia de clase media: su padre, Wu Shihuo, era funcionario de bajo rango, y su madre le contaba cuentos llenos de dragones y héroes. Desde muy pequeña, Wu Zetian sintió una gran pasión por las palabras. Mientras las otras niñas jugaban en el patio, ella aprovechaba cada momento libre para aprender a leer y escribir caracteres con un pincel. Cuando tenía diez años, un maestro local advirtió su talento y le prestó libros de poesía y de historia. Cada día leía versos de poetas famosos y estudiaba los relatos de antiguos emperadores

Margarita stared in wonder. "A real empress?" she asked. "Yes, Margarita," replied Anton. "This book is not a fairy tale; it is part of history."

That afternoon, sitting beside her grandfather, she began to read:

"Once upon a time, almost 1,400 years ago, in ancient China, there lived a girl called Wu Zetian. She was born into a middle-class family: her father, Wu Shihuo, was a low-ranking official, and her mother filled her childhood with stories of dragons and heroes. From a very young age, Wu Zetian felt a great love for words. While the other girls played in the courtyard, she used every free moment to learn how to read and to write characters with a brush. When she was ten years old, a local teacher noticed her talent and lent her books of poetry and history. Each day she read verses by famous poets and studied the stories of ancient emperors

y filósofos. Aprendió no solo a recitar poemas, sino a entender ideas sobre justicia, buen gobierno y el bienestar del pueblo. A los dieciocho años, gracias a su gran conocimiento, aprobó los exámenes imperiales preliminares (unas pruebas que medían la sabiduría y la capacidad de proponer soluciones a los problemas del reino). Su éxito le abrió la puerta de la corte: fue seleccionada como dama de compañía de la emperatriz, un puesto que le permitió leer documentos oficiales y aconsejar en asuntos de Estado. En la corte, Wu Zetian destacó pronto por su inteligencia. Leía con los ministros los clásicos confucianos y sugería reformas para ayudar a los campesinos y artesanos. Pronto se ganó la confianza del emperador Gaozong, quien valoraba sus ideas para mejorar los impuestos y repartir la tierra de forma más justa.

and philosophers. She learned not only to recite poems, but also to understand ideas about justice, good government, and the wellbeing of the people.
At the age of eighteen, thanks to her great knowledge, she passed the preliminary imperial examinations (tests that measured wisdom and the ability to propose solutions to the kingdom's problems).
Her success opened the gates of the court: she was chosen as a lady-in-waiting to the Empress, a position that allowed her to read official documents and give advice on matters of state.
At court, Wu Zetian soon stood out for her intelligence. She read the Confucian classics with the ministers and suggested reforms to help peasants and craftsmen. She quickly earned the trust of Emperor Gaozong, who valued her ideas for improving taxes and distributing land more fairly.

Cuando finalmente murió,
el pueblo la recordaba como
una gobernante sabia que abrió
las puertas de la educación a
hombres y mujeres. Wu Zetian
demostró que el poder de la
palabra escrita y el estudio podían
lograr cambios tan fuertes como
la espada, y que la verdadera
fuerza de un reino reside en
el conocimiento compartido."
Y así, con el libro rojo entre
sus patitas, Margarita supo
que su verdadera aventura
apenas comenzaba. También
reconoció todos sus errores
del pasado y entendió que
su deber era disculparse.
Al día siguiente …
En la escuela del charco,
todo parecía igual que
siempre: las risas, los saludos,
el zumbido suave de las alas
del periquito Manolito al volar
bajo, y el crujir de las hojas
bajo las patas de los pequeños
animales al entrar. Pero ese
día no era como cualquier otro

*When she finally died, the
people remembered her as a
wise ruler who opened the doors
of education to both men and
women. Wu Zetian showed that
the power of the written word
and of study could bring about
changes as strong as the sword,
and that the true strength of
a kingdom lies in shared
knowledge."*
And so, with the red book
between her little paws, Margarita
realised that her true adventure
was only just beginning. She
also recognised all the mistakes
of her past and understood that
her duty was to say sorry.
The next day…
At the school by the pond,
everything seemed just as
it always did: the laughter,
the greetings, the soft buzzing
of Manolito the parakeet's wings
as he flew low, and the crunching
of leaves under the paws of the
little animals as they came inside.
But that day was not like any other.

Margarita llegó más temprano
que nunca. Traía el libro de Wu
Zetian bien sujeto entre sus
patitas, y aunque el corazón
le latía fuerte, su decisión era
firme. Ya no quería engañar
ni empujar ni aparentar.
Quería hablar con sinceridad.
Cuando todos estuvieron
sentados, y la maestra Libélula
se disponía a comenzar la
clase, Margarita se puso
de pie en medio del aula.
—¿Puedo decir algo? —preguntó
con voz temblorosa.
La maestra, la libélula Sabela,
la miró sorprendida.
—Claro, Margarita. Adelante.
Todos se giraron hacia ella.
Algunos aún recordaban sus
mentiras sobre los unicornios
y sus intentos de pelear.
Había decepcionado a muchos,
y lo sabía.
—Quiero… quiero decirles algo
muy importante —comenzó
Margarita, mirando el suelo primero,
pero luego alzando la vista—.

Margarita arrived earlier than
ever before. She carried the book
about Wu Zetian tightly between
her little paws, and although her
heart was beating fast, her decision
was firm. She no longer wanted
to trick, to push, or to pretend.
She wanted to speak with honesty.
When everyone was seated
and Teacher Dragonfly was
about to begin the lesson,
Margarita stood up in the
middle of the classroom.
"May I say something?" she
asked, her voice trembling.
The teacher, Dragonfly Sabela,
looked at her in surprise.
"Of course, Margarita. Go ahead."
All eyes turned to her. Some
still remembered her
lies about unicorns and
her attempts to start fights.
She had disappointed
many, and she knew it.
"I want… I want to tell you
something very important,"
Margarita began, first staring
at the floor, but then lifting her gaze.

Sé que hace unos días mentí.
Inventé cosas que no eran
verdad. Dije que hablaba con
unicornios y que podía volar,
solo porque quería que me
vieran como alguien especial.
Después pensé que, siendo
fuerte y peleando, conseguiría
respeto… pero solo logré alejar
a mis amigos.
Hubo un murmullo suave en
el aula, y Margarita respiró
hondo antes de seguir.
—Lo hice porque tenía un sueño
muy grande: quería ser reina.
Pero ahora entiendo que
confundí lo que eso significaba.
Pensé que ser reina era tener
poder, brillar más que nadie,
estar por encima de los demás.
Pero estaba equivocada. Hoy sé
que ser reina no tiene nada que
ver con mandar o destacar…
Tiene que ver con ayudar,
con escuchar, con aprender
y compartir lo que uno sabe.
Sacó el libro de Wu Zetian y
lo mostró.

"I know that a few days ago I lied.
I made things up that weren't true.
I said I could talk to unicorns and
that I could fly, just because I
wanted to seem special. Then
I thought that if I acted strong
and fought, I would earn
respect… but all I did was
push my friends away."
A soft murmur filled the
classroom, and Margarita took
a deep breath before continuing.
"I did it because I had a very
big dream: I wanted to be
a queen. But now I understand
that I got it all wrong. I thought
being a queen meant having
power, shining brighter than
anyone else, standing above
the rest. But I was mistaken.
Today I know that being a
queen has nothing to do
with ruling or standing out…
It's about helping, listening,
learning, and sharing what
you know."
She held up the book about Wu
Zetian and showed it to everyone.

—Este libro me enseñó eso.
Cuenta la historia de una
mujer real, que vivió hace
muchos años, y que cambió su
mundo gracias al conocimiento,
no con magia ni por la fuerza.
Ella estudió, leyó, y usó todo
lo que aprendió para hacer
cosas buenas. Para cuidar a
los demás.
Todos los animalitos
escuchaban en silencio.
Hasta Fulano el gusano,
que solía quedarse dormido,
tenía los ojitos bien abiertos.
—Yo quiero ser así. Quiero
ser una ratita que aprende
y comparte lo que aprende.
Y si alguna vez vuelvo a olvidar
lo importante que es la verdad
y el respeto, espero que me
lo recordéis.
Se hizo un pequeño silencio.
Margarita tragó saliva.
—Siento mucho haberos
mentido. Siento haber empujado,
haber herido. Sé que no puedo

"This book taught me that,"
she said softly. "It tells the
story of a real woman,
who lived many years ago,
and who changed her world
through knowledge, not
through magic, nor through
force. She studied, read,
and used everything she
learned to do good things.
To care for others."
All the little animals listened
in silence. Even Fulano the
worm, who usually fell asleep,
kept his tiny eyes wide open.
"I want to be like her. I want to
be a little mouse who learns
and shares what she learns.
And if I ever forget again
how important truth and
respect are, I hope you will
remind me."
A small silence fell.
Margarita swallowed hard.
"I am so sorry for lying to
you. I am sorry for pushing
and for hurting. I know I cannot

borrar lo que hice, pero quiero
pediros perdón… de verdad.
La maestra Sabela la libélula
sonrió, pero fue Manolito
quien rompió el silencio .
—Yo te perdono, Margarita.
Todos podemos equivocarnos.
Lo valiente es admitirlo.
Martita asintió y se acercó
a abrazarla. Luego Carlota,
Fulano, Ana… uno a uno,
todos rodearon a Margarita.
—Gracias —dijo Margarita.
En ese momento se dio
cuenta de que llevaba puesta
la corona del conocimiento,
que es la más brillante y
valiosa de todas, y de que
las palabras no son el camino
más corto, ni el más fácil,
pero son siempre el más digno.

erase what I did, but I want
to ask for your forgiveness… truly.”
Teacher Sabela the dragonfly
smiled, but it was Manolito
who broke the silence.
“I forgive you, Margarita.
We all make mistakes.
The brave thing is to admit them.”
Martita nodded and came forward
to hug her. Then Carlota,
Fulano, Ana… one by one,
they all gathered around
Margarita.
“Thank you,” said Margarita.
At that moment she realised
that she was wearing the crown
of knowledge, which is the
brightest and most precious
crown of all, and that words
are not the shortest path,
nor the easiest one, but they
are always the most dignified.

Los autores

About the Authors

Raquel Caballero Sosa tiene dieciocho años y estudia Lenguas Modernas con mención en inglés y chino. A lo largo de su vida se ha movido por el amor, pues ha querido y también la han querido mucho. Le encanta escribir, viajar y hablar con personas de distintos lugares, porque siempre aprende algo nuevo. Su madre es canaria y su padre gallego, y de ellos se inspira. Sus abuelas siempre le contaron muchas historias, y ahora le gusta contarlas a ella. Todo lo que se propone lo consigue rezando, esforzándose y sonriendo.

Kilian González Cardona es un ilustrador apasionado del diseño, la animación y cualquier vertiente artística en la que pueda hacer lo que más le gusta, crear. Como *freelance* ha hecho ilustraciones para algunos comercios, portadas de discos, encargos personalizados y proyectos personales, uno de ellos *Bereber y la fauna de Canarias,* un juego de mesa didáctico inspirado en la fauna endémica e invasora de Canarias. Sus objetivos son seguir ilustrando juegos de mesa, además de libros, series o videojuegos.

Bianca Manuela Sandu (Dra.) es Profesora Contratada Doctora en el Departamento de Lenguas Modernas, Traducción e Interpretación (Inglés) de la Universidad de Las Palmas de Gran Canaria (ULPGC), donde imparte cursos de lengua y cultura inglesa. Sus intereses de investigación actuales incluyen la motivación en el aprendizaje de lenguas extranjeras a través de programas de intervención basados en el Sistema Motivacional del Yo L2 y otras teorías motivacionales recientes con estudiantes universitarios y futuros docentes. También le apasiona e investiga la motivación del profesorado, el acercamiento de la motivación en el aprendizaje de lenguas a la acción social, la disponibilidad léxica y las redes semánticas, la atención a la diversidad en la educación bilingüe, y la autoeficacia de los futuros docentes. También participa activamente en varios proyectos de innovación educativa, entre los que se incluyen el aprendizaje-servicio, la microenseñanza a través de la realidad virtual y la integración de la inteligencia artificial en el aprendizaje del inglés.

R*aquel Caballero Sosa* is eighteen years old and studies Modern Languages with a specialisation in English and Chinese. Throughout her life, she has been moved by love, as she has both loved and been loved deeply. She loves writing, travelling, and talking to people from different places, because she always learns something new. Her mother is from the Canary Islands and her father is from Galicia, and she draws inspiration from them. Her grandmothers always told her many stories, and now she enjoys telling them herself. She achieves everything she sets out to do through prayer, hard work, and smiling.

K*ilian González Cardona* is an illustrator with a profound passion for design, animation, and any artistic discipline that allows him to engage in his greatest passion: creation. As a freelance artist, he has produced illustrations for various businesses, album covers, custom work of arts, and personal projects, one of which is *Bereber y la fauna de Canarias,* an educational board game inspired by the endemic and invasive fauna of the Canary Islands. His aspirations include continuing to illustrate board games, as well as books, series, and video games.

B*ianca Manuela Sandu* (PhD) is Assistant Professor at the Department of Modern Languages, Translation and Interpreting (English) at the University of Las Palmas de Gran Canaria (ULPGC), where she teaches English language and cultural topics. Her current research interests include language learning motivation through intervention programmes based on the L2 Motivational Self System and other state-of-the-art motivational theories with undergraduates and pre-service teachers. Additionally, she is passionate about and conducts research in teacher motivation, language learning motivation and social action, lexical availability and semantic networks, attention to diversity in bilingual education, and pre-service teachers' self-efficacy. She is also actively engaged in various educational innovation projects, including Service-Learning, microteaching through virtual reality, and the integration of artificial intelligence in English language learning.